一字一念

时光主题书

桑妮 主编

华文出版社
SINO-CULTURE PRESS

时光主题书

Time Theme Book

你轻轻启

记录爱和被爱

*那些老派的令人心动的情话

写一封有温度的情书
企盼三九天，捂开一树的梅花

徐志摩。陆小曼 ——《爱眉小札》

戴望舒。施绛年 ——《戴望舒致施绛年》

鲁迅。许广平 ——《两地书》

朱生豪。宋清如 ——《朱生豪情书》

郁达夫。王映霞 ——《郁达夫情书集》

胡兰成。张爱玲 ——《今生今世》

朱自清。陈竹隐 ——《给陈竹隐的75封情书》

朱湘。刘霓君 ——《海外寄霓君》

梁实秋。韩菁清 ——《雅舍情书》

李唯建。庐隐 ——《云鸥情书集》

高君宇。石评梅 ——《高君宇致石评梅》

闻一多。高孝贞 ——《闻一多致高孝贞》

我爱你朴素，不爱你奢华。

壹

*一字一念——。

风和日暖，
字句缠绵的爱情
缱绻着相悦欢好，
相逢的有生之年里，
她未凋零，
他将她视为珍宝。

徐志摩
to
陆小曼

《爱眉小札》

徐志摩写给陆小曼的绵密情话。

Nine

9

不要说是悬崖，就是火山口，也要拥抱着跳下去。

玖

清清，我们两个一在天之涯，一在地之角，一缕相思把我们牢牢的系着，这份苦我想上天会给我们补偿的。

——梁实秋 to 韩菁清

Twelve

12

只要你不气我，我什么事都愿替你做。

拾贰

相思枕上的长夜，怎样的厌厌难尽啊！但这才是岁岁年年中之一夜，大海里的一个波涛。爱人啊！叫我又怎样泅过这时间之海？

——闻一多 to 高孝贞

他恣意飞扬的才情，全都融入写给她的字字句句中了，
那些缠绵的如糖如蜜的情话，离去经年，都余音绕耳。

我爱你朴素，不爱你奢华，
你穿上一件蓝布袍，
你的眉目间就有一种特异的光彩，
我看了心里就觉着
不可名状的欢喜。
——徐志摩致陆小曼

我爱你朴素，
不爱你奢华，
你穿上一件蓝布袍，
你的眉目间就有一种特异的光彩，
我看了心里就觉着不可名状的欢喜。

——徐志摩致陆小曼

眉，我写日记的时候
我的意绪益发蚕丝似的绕着你；
我笔下多写一个眉字，
我口里低呼一声我的爱，
我的心为你多跳了一下。
你从前给我写的时候
也是同样的情形我知道，
因此我益发盼望你继续你的日记，
也使我多得一点欢喜，
多添几分安慰。
——徐志摩致陆小曼

却憶當年妃子笑紅塵一騎到長安
幼農畫

眉，
我写日记的时候我的意绪益发蚕丝似的绕着你；
我笔下多写一个眉字，
我口里低呼一声我的爱，
我的心为你多跳了一下。
你从前给我写的时候也是同样的情形我知道，
因此我益发盼望你继续你的日记，
也使我多得一点欢喜，
多添几分安慰。

——徐志摩致陆小曼

她飘过，像梦一般地凄婉迷茫。

贰

* 一字一念 —。

如金风玉露一相逢，
他初见她即被吸引。
从此，她成了他爱的执念，
将给她写情书当成了必修课，
日以继夜，不知休止。

戴望舒
to
施绛年

《戴望舒致施绛年》

戴望舒写给施绛年的痴心情话。

他擎着一颗爱她的痴心，
写就万千缠绵胶着的情话。
从此青梅枯萎，竹马老去，
再没有谁可以将她从心底替代。

说是寂寞的秋的清愁，
说是辽远的海的相思。
假如有人问我的烦忧，
我不敢说出你的名字。

——戴望舒《我的烦忧》

卷書揩目小披襟
睡起初便茗椀深
一綫碧檀無與語
青牕間看竹梢陰
泉唐江采

说是寂寞的秋的清愁，
说是辽远的海的相思。
假如有人问我的烦忧，
我不敢说出你的名字。

—— 戴望舒致施绛年

我将对你说我的恋人，
我的恋人是一个羞涩的人，
她是羞涩的，有着桃色的脸，
桃色的嘴唇，和一颗天青色的心。

——戴望舒致施绛年

我将对你说我的恋人，
我的恋人是一个羞涩的人，
她是羞涩的，有着桃色的脸，
桃色的嘴唇，和一颗天青色的心。

—— 戴望舒致施绛年

我只想和你，在一个慢下来的世界里交谈。

鲁　迅
许广平

叁

＊一字一念——。

从前慢，
一生一人两地书，
点墨间都是曾经的“人间好时候”。
那时，
世事平常，
红颜尚未辞镜，
他与她，
每一个日子都是纸短情长。

鲁迅
to
许广平

《两地书》

这本书，是鲁迅和许广平两人爱的最好见证。

在写给她的那些甜蜜清雅的信里，
先生褪去了战士的横眉怒目，有了绕指柔情。

此刻是夜十二点，静得很，
和上海大不相同。
我不知道她睡了没有？
我觉得她一定还未睡着，
以为我正在大谈三年来的经历了，
其实并未大谈，却在写这封信。
今天就是这样罢，下次再谈。
——鲁迅致许广平

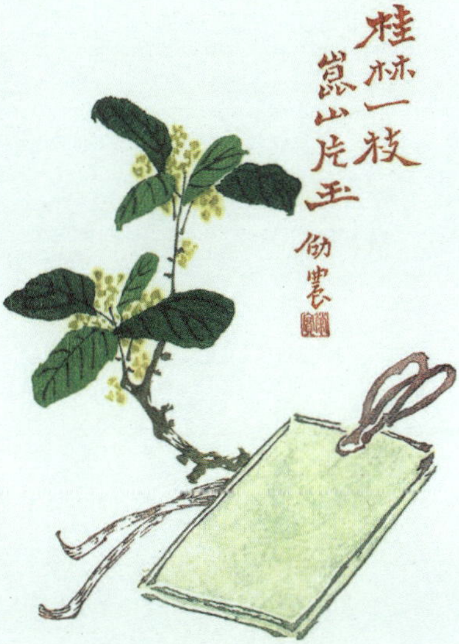
桂林一枝
崑山片玉
劭農

此刻是夜十二点，
静得很，
和上海大不相同。
我不知道她睡了没有？
我觉得她一定还未睡着，
以为我正在大谈三年来的经历了，
其实并未大谈，
却在写这封信。
今天就是这样罢，
下次再谈。

——鲁迅致许广平

这里的空气真是沉静，
和上海的烦扰险恶，大不相同，
所以我是平安的。然而也静不下，
惟看来信，知道你在上海都好，
也就暂自宽慰了。
——鲁迅致许广平

目送飛鴻
爛柯山樵

这里的空气真是沉静，
和上海的烦扰险恶，
大不相同，
所以我是平安的。
然而也静不下，
惟看来信，
知道你在上海都好，
也就暂自宽慰了。

——鲁迅致许广平

醒来觉得甚是爱你。

世间。情分。
于他们，
如烟火一般，烂漫璀璨。
情愫暗涌里，
每一个眼神，
每一次擦肩，
都交织成最好的时光。

《朱生豪情书》

朱生豪写给宋清如的经典情话。

那些如蜜糖一般的情话，
是他日与夜的浓稠化不开的深深思念，
于时光里绰绰潺潺。

我一天一天明白你的平凡，
同时却一天一天愈更深切地爱你。
你如照镜子，
你不会看得见你特别好的所在，
但你如走进我的心里来时，
你一定能知道自己是怎样好法。

——朱生豪致宋清如

鐵如意擊珊瑚

我一天一天明白你的平凡，
同时却一天一天愈更深切地爱你。
你如照镜子，
你不会看得见你特别好的所在，
但你如走进我的心里来时，
你一定能知道自己是怎样好法。

——朱生豪致宋清如

我想要在茅亭里看雨、

假山边看蚂蚁，

看蝴蝶恋爱，看蜘蛛结网，

看水，看船，看云，看瀑布，

看宋清如甜甜地睡觉。

——朱生豪致宋清如

清晝銀輪散月華高低寒
護碧晴霞一秋青女勞金剪
剪盡深黄細作花 江采

我想要在茅亭里看雨、
假山边看蚂蚁，
看蝴蝶恋爱，
看蜘蛛结网，
看水，看船，
看云，看瀑布，
看宋清如甜甜地睡觉。

——朱生豪致宋清如

曾因酒醉鞭名马，生怕情多累美人。

初相见，
风和日暖，
心荡漾。
现世安稳里，
他只想和她日日修好相伴。
可叹，
天妒姻缘终遗恨，
倾城春色任作繁华过往。

郁达夫
to
王映霞

《郁达夫情书集》

郁达夫写给王映霞的那些凄美孤绝的情话。

那些浸染着他滚烫炙热之心的字字句句里，
有他太多的不顾一切，
万千情话，
只为打动伊人一颗芳心。

两月以来，我把什么都忘掉。为了你我情愿把家庭、名誉、地位，甚而至于生命，也可以丢弃，我的爱你，总算是切而且挚了。

——郁达夫致王映霞

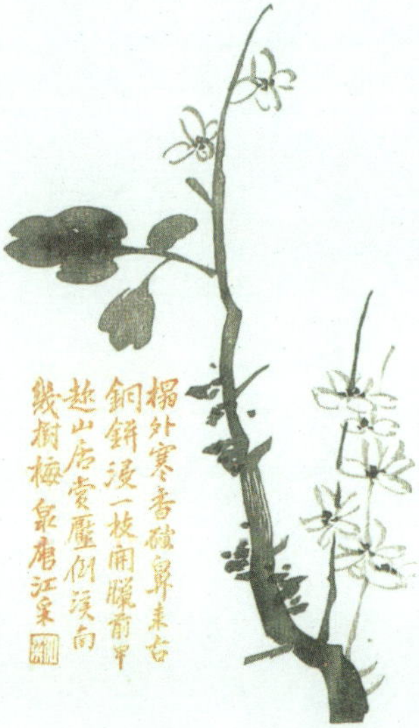
榻外寒香破鼻來古
銅缾浸一枝開臘前甲
趣山居賞歷倒溪南
幾樹梅 泉唐江采

两月以来，我把什么都忘掉。
为了你我情愿把家庭、名誉、地位，
甚而至于生命，也可以丢弃，
我的爱你，总算是切而且挚了。

——郁达夫致王映霞

我几次对你说，
我从没有这样的爱过人，
我的爱是无条件的，
是可以牺牲一切的，
是如猛火电光，非烧尽社会，
烧尽己身不可的。
——郁达夫致王映霞

我几次对你说，
我从没有这样的爱过人，
我的爱是无条件的，
是可以牺牲一切的，
是如猛火电光，
非烧尽社会，
烧尽己身不可的。

——郁达夫致王映霞

今生今世已惘然，山河岁月空惆怅。

她初爱他，
即低若尘埃里开出的花朵。
一颗心惊动着，
一如西湖春柳，
断桥残雪，
艳极无涯。

胡兰成
to
张爱玲

《今生今世》

一篇《民国女子》，将胡兰成对张爱玲的情动万千写尽。

在爱她的那些日子里，
他妙笔生花，
言语字句间里只她一个人最好。
日日顶礼膜拜着，
再没有女子可以入心入眼。

我常时一个月里总回上海一次，
住上八九天，
晨出夜归只看张爱玲，
两人伴在房里，男的废了耕，
女的废了织，
连同道出去游玩都不想，
亦且没有工夫。
——胡兰成致张爱玲

南門河上雨絲絲纖手教儂
剝荔枝南門河在欽州
白蕉句

我常时一个月里总回上海一次，
住上八九天，
晨出夜归只看张爱玲，
两人伴在房里，
男的废了耕，女的废了织，
连同道出去游玩都不想，
亦且没有工夫。

——胡兰成致张爱玲

我们虽结了婚，
亦仍像是没有结婚。
我不肯使她的生活有一点
因我之故而改变。
两人怎样亦做不像夫妻的样子，
却依然一个是金童，
一个是玉女。
——胡兰成致张爱玲

曾見雪個以水晶杯著
墨芙蓉余畫以紅菊
白石

我们虽结了婚，
亦仍像是没有结婚。
我不肯使她的生活有一点因我之故而改变。
两人怎样亦做不像夫妻的样子，
却依然一个是金童，一个是玉女。

——胡兰成致张爱玲

月朦胧，鸟朦胧，帘卷海棠红。

他和她的爱情，
如同荷塘清风般淡雅，
没有惊天动地，
有的只是细水长流的温情，
在渺茫天地，
彼此并肩而立，
走过如许世间风月。

朱自清
to
陈竹隐

《给陈竹隐的75封情书》

朱自清的字句里深埋柔情，落笔处皆是情深意重。

那些细碎的分离的小日子里，
他将对她分分秒秒的思念写在纸端，
寄给她，
让她知晓自己对她的无限欢喜。

你不要笑，
我这一星期的日子真不好过，
就因为你的信。
我有种种的设想，
但我随时打破我的设想。
我想你不是太忙，
顾不到这远在万里的我吧。
不是生我的气吧，
也许我的信写得不好吧？
——朱自清致陈竹隐

你不要笑，
我这一星期的日子真不好过，
就因为你的信。
我有种种的设想，
但我随时打破我的设想。
我想你不是太忙，
顾不到这远在万里的我吧。
不是生我的气吧，
也许我的信写得不好吧?

——朱自清致陈竹隐

亲爱的宝妹：

我生平没有尝到这种滋味，

很害怕真会整个儿变成你的俘虏呢。

——朱自清致陈竹隐

冷艷

亲爱的宝妹：
我生平没有尝到这种滋味，
很害怕真会整个儿变成你的俘虏呢。

——朱自清致陈竹隐

我想折一枝荷赠怜，因为我们的情同藕丝一样缠绵。

如同，宿命。
他们的爱情里有太多的胶着和注定，
相爱相杀里，
从繁花步入荒芜，
一切终成幻梦。

朱湘
to
刘霓君

《海外寄霓君》

那些深爱里，朱湘写给刘霓君的蜜语甜言。

在深爱里，
世间一切皆是清好。
字句流转，
全是他的浓情蜜意。
如阳光雨露，
亦如微风芬芳。

你说我的信很可爱，
这是因为你是一个可爱的人，
所以我写给你的信也跟着可爱了。
宽妹我的爱人，
我希望这四年快点过去，
我好回家抱你进怀，
说一声：“妹妹，我爱你！
我永远爱你！”

——朱湘致刘霓君

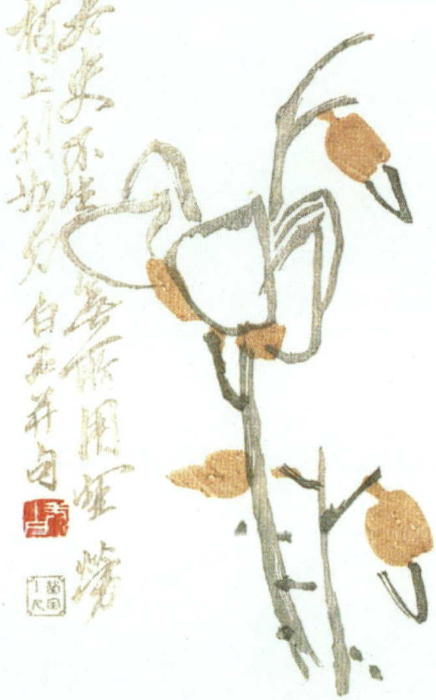

你说我的信很可爱，
这是因为你是一个可爱的人，
所以我写给你的信也跟着可爱了。
霓妹我的爱人，
我希望这四年快点过去，
我好回家抱你进怀，
说一声：“妹妹，我爱你！我永远爱你！”

——朱湘致刘霓君

我又想到你的温柔，
你对我的千情万意，
分开了，不能见面，
不能立刻见面，
说一句知心话，彼此温存一下，
像从前在京城旅館内初见面时那样
温存一下。

——朱湘致刘霓君

我又想到你的温柔，
你对我的千情万意，
分开了，不能见面，
不能立刻见面，
说一句知心话，彼此温存一下，
像从前在京城旅馆内初见面时那样温存一下。

——朱湘致刘霓君

你走，我不送你；你来，无论多大的风雨，我要去接你。

有种爱，
叫一见钟情。
她如梨花春带雨，
烙入他心底。
他似陌上如玉人，
映入她眼帘。

梁实秋
to
韩菁清

《雅舍情书》

梁实秋写给韩菁清的如糖如蜜的情话。

痴爱热烈里，
他就是情窦初开的少年，
为她写下一封封情书。
缠绵的、炙热的、
滚烫的小情话，
丝丝缕缕流入她心田。

昨天睡得时间不久，但是很甜。
我从来没戴过指环，
现在觉得手指上添了一个新的东西，
是一个大负担，是一种束缚，
但是使得我安全地睡了一大觉。

——梁实秋致韩菁清

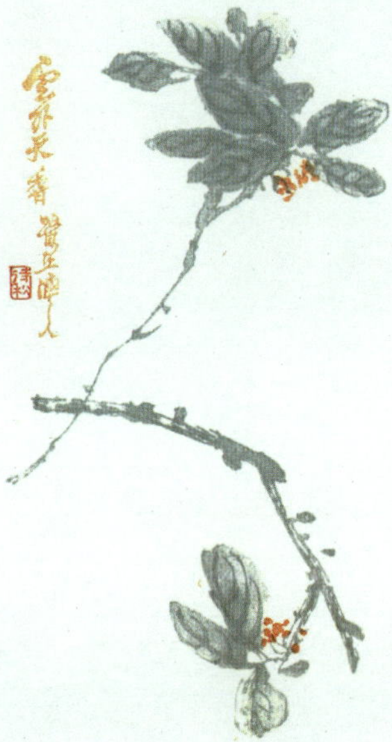

昨天睡得时间不久，
但是很甜。
我从来没戴过指环，
现在觉得手指上添了一个新的东西，
是一个大负担，
是一种束缚，
但是使得我安全地睡了一大觉。

——梁实秋致韩菁清

你喝酒之后脸上有一点红，
我脸上虽然没有红，
心里像火烧一样。
以后我们在单独的时候，
或在众多人群中，我们绝不饮酒，
亲亲，记住我的话。
只有在我们两人相对的时候，
可以共饮一杯。
——梁实秋致韩菁清

辛未春仲擬陳眉公
冷庵胡佩衡寫

你喝酒之后脸上有一点红，
我脸上虽然没有红，
心里像火烧一样。
以后我们在单独的时候，
或在众多人群中，
我们绝不饮酒，
亲亲，记住我的话。
只有在我们两人相对的时候，
可以共饮一杯。

——梁实秋致韩菁清

我来到世上与别人一样，想得点安慰。

兵荒马乱里，
她是他的一盏明灯，
他是她的一杯暖酒，
如此，
世俗礼教都冲破，
只为长相厮守。

李唯建
to
庐隐

《云鸥情书集》

才子李唯建与恋人庐隐的68封通信集。

如梦相遇，
因为爱，
他们开始鸿雁传情。
一个自称“异云”，
一个署名“冷鸥”，
如此，
世间得以流传《云鸥情书集》。

我要你把你心灵的一切都交给我，

我虽是弱者，

但担负你的一切我敢自夸是有余的！

——李唯建致庐隐

我愿你把你心灵的一切都交给我，
我虽是弱者，
但担负你的一切我敢自夸是有余的！

——李唯建致庐隐

现在的你呦，
我以为比一切万汇都伟大，
我便愿终生在你这种伟大无边的
智慧之光中当一只小鸟或一个小蝶，
朝晨唱唱歌，
中午翩翩地在花丛中飞舞

——李唯建致庐隐

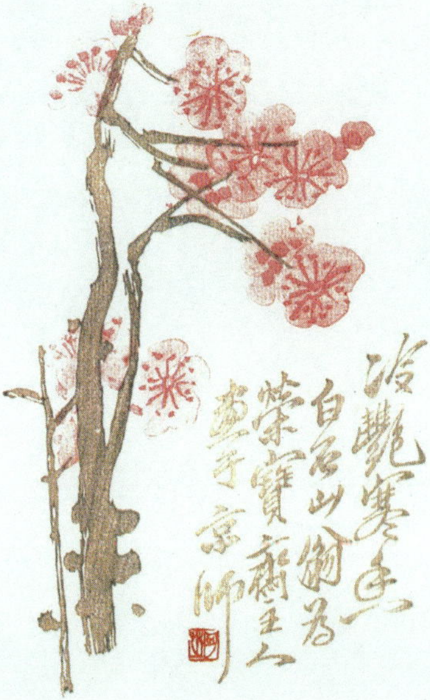
冷艷寒香
白石山翁為
榮寶齋主人
畫于京師

现在的你呦，
我以为比一切万汇都伟大，
我便愿终生在你这种伟大无边的智慧之光中
当一只小鸟或一个小蝶，
朝晨唱唱歌，
中午翩翩地在花丛中飞舞。

——李唯建致庐隐

地球上最远的地方是哪里呢？便是我站着的地方。

她似一株暗香自来的梅，
将他深深吸引。
为了能打动她的一颗芳心，
他给她写就一封封滚烫的情书，
将衷情诉。

高君宇
to
石评梅

《高君宇致石评梅》

高君宇写给石评梅最热情洋溢的情话。

他用他一支笔，细腻入微地探入她的内心，
那些甜蜜的甜蜜的情话，抚慰了一个被情伤的她。

我何尝不知道：
我是南北飘零，生活在风波之中，
我何忍使你同入此不安之状态。
所以我决定：
你的所愿，我将赴汤蹈火以求之，你
的所不愿，我将赴汤蹈火以阻之。
——高君宇致石评梅

我何尝不知道：
我是南北飘零，生活在风波之中，
我何忍使你同入此不安之状态。
所以我决定：
你的所愿，我将赴汤蹈火以求之，
你的所不愿，我将赴汤蹈火以阻之。

——高君宇致石评梅

昨天我忽然很早起来跑到店里
购了两个象牙戒指：
一个大点的我自己带在手上，
一个小的我寄给你，
愿你承受了它。
或许你不忍吧！
再令它如红叶一样的命运。
愿我们用"白"来纪念这
枯骨般死静的生命。
——高君宇致石评梅

日日錦紅星錦樣清沂
徐照映山紅
華丁

昨天我忽然很早起来跑到店里购了两个象牙戒指：
一个大点的我自己带在手上，一个小的我寄给你，
愿你承受了它。
或许你不忍吧！再令它如红叶一样的命运。
愿我们用“白”来纪念这枯骨般死静的生命。

——高君宇致石评梅

从今以后，我一定要专心侍奉你，做你的奴仆。

媒妁之言，
让他在最初里生了嫌隙，
以为不爱，
谁知日久情生，
她成了他的氧气，
成了他的不可取代。

闻一多
to
高孝贞

《闻一多致高孝贞》

闻一多先生写给妻子高孝贞的那些赤诚的爱语。

爱一个人，
最易让人巧舌如簧，
尤其是诗人、文人，
而他恰是。

我一人在屋里，静极了，静极了，
我在想你！我亲爱的妻。
我不晓得我是这样无用的人，
你一去了，我就如同落了魂一样。
我什么也不能做。

——闻一多致高孝貞

我一人在屋里，
静极了，静极了，
我在想你！我亲爱的妻。
我不晓得我是这样无用的人，
你一去了，
我就如同落了魂一样。
我什么也不能做。

——闻一多致高孝贞

今天早晨起来拔了半天草，
心里想到等你回来看着高兴，
荷花也放了苞，
大概也要等你回来开，
一切都是为你。
——闻一多致高孝贞

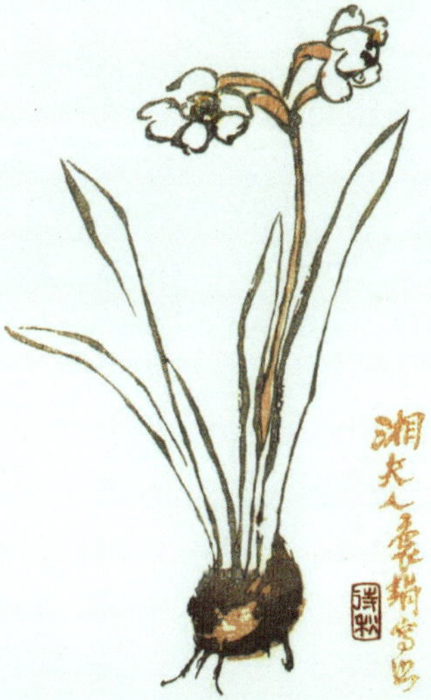

今天早晨起来拔了半天草，
心里想到等你回来看着高兴，
荷花也放了苞，
大概也要等你回来开，
一切都是为你。

——闻一多致高孝贞

图书在版编目（CIP）数据

一字一念：时光主题书 / 桑妮主编. -- 北京：华文出版社，2019.1

ISBN 978-7-5075-5071-9

Ⅰ. ①一… Ⅱ. ①桑… Ⅲ. ①书信集－中国－民国
Ⅳ. ① I266.5

中国版本图书馆 CIP 数据核字（2019）第 002681 号

一字一念：时光主题书
YIZIYINIAN：SHIGUANGZHUTISHU

主　　编：桑　妮
责任编辑：杨艳丽　王晓冰
出版发行：华文出版社
地　　址：北京市西城区广外大街 305 号 8 区 2 号楼
邮政编码：100055
网　　址：http://www.hwcbs.com.cn
电　　话：发行部 010-58336202 编辑部 010-63426125
经　　销：新华书店
印　　刷：三河市百福春印务有限公司
开　　本：880×1230　1/32
印　　张：7.75
字　　数：10 千字　图 98 幅
版　　次：2019 年 2 月第 1 版
印　　次：2019 年 2 月第 1 次印刷
标准书号：978-7-5075-5071-9
定　　价：59.80 元

时光主题书

出品统筹 木本水源

出版监制 暖暖 杨琴

责任编辑 杨艳丽 王晓冰

装帧设计 弘果文化传媒

MIGHTY ORIGIN

木本文学